LAOXUE XIAOHUA BIXU JUEWU

老薛小画

必须觉悟

薛继业 ——— 绘著

山东文艺出版社

序

山东文艺出版社发来校样,让我找个名家为这两本小书写个序,封面的五个小字——薛继业绘著,看得我心头一紧,我著什么了?文字真是奇怪,虽然这五个字的随机组合只有120种,但我确信,在浩瀚的中国文字史上从未出现过这五个字的组合。"著"这个字忒大,总该是一张书桌上一沓稿纸、一支笔、一杯茶,加一个紧锁的眉头,身后架上万卷书,脚边篓里千段愁,十年啤酒方便面,一夜成名大牛×之类。而这两本所谓的"书"实际上是山东文艺的房洪民编辑花了一年时间,把我平时画上的和微博上零星写的小段文字一条条整理而成。看了看,自己都惊得有点马失前蹄。差不多相当于半部《论语》，每段都互不关联，也跟《论语》差不多，薛子曰这，薛子曰那，五花八门，但没有一个字是为这两本书而写的。心想既然著了，总该为这两本书写几句吧，也没那个脸找什么名家写序、写推荐腰封了，一画画的占了人家书号，再找名人写序，感觉好像跟人借个锅顺便要俩螃蟹似的。

我自幼是个兴趣极广又极爱讨人夸奖的人，《菜根谭》里有句话我每次看了都抓耳挠腮，说："君子之心事，天青日白，不可使人不知；君子之才华，玉韫珠藏，不可使人易知。"而我的德行完全相反，心事自己都稳不住抓不着，更别说让人懂了，会点什么勾当又巴不得让谁谁哪哪都知道，似乎一切兴趣的根源都在于跟人嘚瑟，太不君子了。不过仔细想想，这也没什么不好，君子这千古破事儿也没什么大不了的，真有趣的人也没几个是真正的样板君子，君子都是传说。那些教育人成君子的学问，大都是些啥也不会干只能以研究君子为生的君子理论家研究出来的，看着句句有理，细想全是狗屁，着实可恨。民不想做君子，奈何以君子惧之。

美术这事儿，甚至人生这事儿，兴趣就是一切，画画本无须分个国、油、版、雕的，美术说白了就是，用脑子控制肢体有目的地去改变一个物料的外观，从而使那物件能像舒曼说的那样照亮人心(To send light into the darkness of men's hearts)。其实不一定非得照亮，泼一盆冷水也行，让那颗心因你而动。打动人心有各种方法，舒曼用声音打动人心那叫音乐，用文字打动人心那叫文学，用美食打动人心那叫饭馆，用板砖打动人心那叫斗殴，用蚯蚓打动鱼心那叫上钩……你要是想打动人心有的是办法，但前提就是，无论出于何种动机，都必须有饱满和持久的兴趣。我的原则是以嘚瑟为发动机，随时在各种美术勾当中游走，随时串行，不对任何勾当产生归属感，也不让任何勾当的在世群体成员们觉得你跟他们是一个圈的，不看展览，不看活人写的书，不看新闻，不乱发慈悲，不很多。

写到这儿，发现稿费差不多就值这些了，又不是作家，就别没完没了了。最后从我一千个人生格言中摘出几句送给大家：

唱歌剧干不过广场舞还想吃好的就改说相声。

乱拳一定能打死老师傅,但是别跟中年师傅瞎打。

装 × 能使鬼推磨,鸡贼驶得万年船。

卖孩子买猴儿——玩儿呗。

薛继业著于 2017 年 12 月 5 日

目　录

不哲薛

美不起来了 2

最幸福与最威武 12

类聚 18

有一种人 22

笨人多谬论 26

信笔懦夫 28

缓慢升腾的忧伤 30

艺术闪念 34

信仰截句 35

天光光，捉鸡劏 36

拿文艺练练字 38

大画西游

业说西游 42

母妖精吃唐僧 48

万物心经

好猫一身毛,好佛一头包 60

手抄心经 64

我爱韭菜 68

野鸡毛的回忆 72

老薛耍猴

蹲者尊 86

错 90

谦虚其实就是装饰材料 98

天天画画是恶习? 102

象绘《山鬼》

画《山鬼》 116

钟馗耍宝

历史性会师 140

小题是否大做 142

历史相 148

附录

> 随笔.................................. 166
>
> 山外.................................. 171
>
> 壹读·大家一起问薛继业.................. 178
>
> 《289 艺术风尚》采访提纲................ 185

后记　觉悟.................................. 193

不哲薛

连唾液都有不同的性格,口水——哈喇子——吐沫。

美不起来了

人家让我画中国男人之丑，想了一下午真是无从下手，哪里都有丑人，在中国极丑的人还当过皇帝，就是那个超级鞋拔子脸朱元璋。大概他们埋怨的不是这类长相奇特的人，一本杂志不会关心只有在相亲时候才会讨论的问题，我们天生会判断长相的美与丑，这是本能对一个基因健康与否的判断。有研究说对称面孔的人基因更优良，就像大多数可口的东西都有更丰富的营养一样，有些脸是甜的，有些是苦的。但人们大多只在乎跟自己生育的人的长相，并不太在乎跟自己交往的人的长相，那么，脸的真正美丑大概是人们对这些脸背后的人的判断，他们有益或者无益于自己。巴塞罗那人讨厌德国人，因此德国人在他们眼里必须是丑的，而德国人在某些中国女球迷的眼里，简直是简直了。

一个以强弱主导的地方，恶人之丑有时会在弱者的心中转化为权力之美，当那些被迫善良的弱者一旦成为强者之时，他们自然而然地会用这种深埋于心的强势之丑美化或武装自己，因为他们早已能够体会那皮蛋之香了。皮蛋坊里的鸭蛋再青白也是暂时的，因为变成臭皮蛋是他们的宿命。

中国人在外国人的眼里都是一模一样的，而在中国人自己的眼里，我们的脸简直是五花八门的杂货铺，什么样的都有。这让我想起谢晋导演的老舍《茶馆》里那一票嘴脸，我印象里面是有大量极丑的角色的。下午翻出来又看了一遍，但发现那些角色都丑得实实在在并不扎眼，那些坏人虽丑但都大大方方地干着各自的坏事。老舍并没有描述他们的长相，但导演有意把他们化妆得让人憎恨，大概是因为戏剧必须让观众在有限的时间里提高判断的效率吧。中国的史书并不太记录人的长相，除非相当极端的，例如朱元璋和嬴政，但底层文化浅薄的人民必须以直观方式分辨忠奸善恶，因此，戏曲里都把这些因素符号化地勾画在脸上。其实，一直以来丑和美跟好坏无关，《西游记》里那些怪物都那么丑，但是有好有坏，《水浒传》里的好汉也大半是丑的。江湖的凶险让人的心理变得复杂，而不像普通人那么坦然，因此老百姓是最在乎面相的，因为要直面三教九流，必须处处提防以保护自己的蝇头小利。

丑就是让你看着不舒服，古人说相由心生，今天一样适用。丑就是你在别人脸上读出了对自己可能发生的危害，

给这画题跋,想起以前写过一句话,大意是:"我们每个人都或多或少地贡献些弱点,让其他人在这惨淡的人生中聊以自慰……"
但是在哪儿也找不到原话了,倒是查到这句自己都不记得的话:"每个人心中都有一样的一堆魔鬼,只是压在上面的封砖大小因人而异。"

因此我们往往对人第一印象的美丑感觉很强烈，之后随着了解慢慢淡化。据说，过去如果相貌过于丑陋甚至不能做官，因为怕吓着百姓。那个著名的钟馗就是典型的例子，说是他考中进士后，唐玄宗因其丑陋而不录用，钟馗恼羞，一头撞死在大殿。这钟馗也真没出息，死后不记前仇，倒在玄宗梦里帮他捉鬼医病，而玄宗醒来病愈，让吴道子画他来辟邪，并追认他为进士，从此钟馗就穿着官服在各家各户挤眉弄眼吓唬鬼。看来谄媚也有好报，而他那黑黢黢的丑脸也让人越看越舒服了。

　　人的美丑与他的教养身份有直接关系。过去文化发达的地方人一定是美的，人的举止与身份本性相合也是美的，自我约束也带来美感，《诗经》那句"瞻彼淇奥，绿竹猗猗。有斐君子，如切如磋，如琢如磨。瑟兮僩兮，赫兮咺兮。有斐君子，终不可谖兮"，说的就是一极品男子心灵仪表上美的最高境界，跟相貌无关。但一个杀猪的屠夫倒大可不必弄成这样，只需向这个方向倾斜一点点就美得不像样了，如美髯公关二爷，如果不是经常在战场的午休时间抱着本《春秋》摆样子，绝无今天那么美的地位。

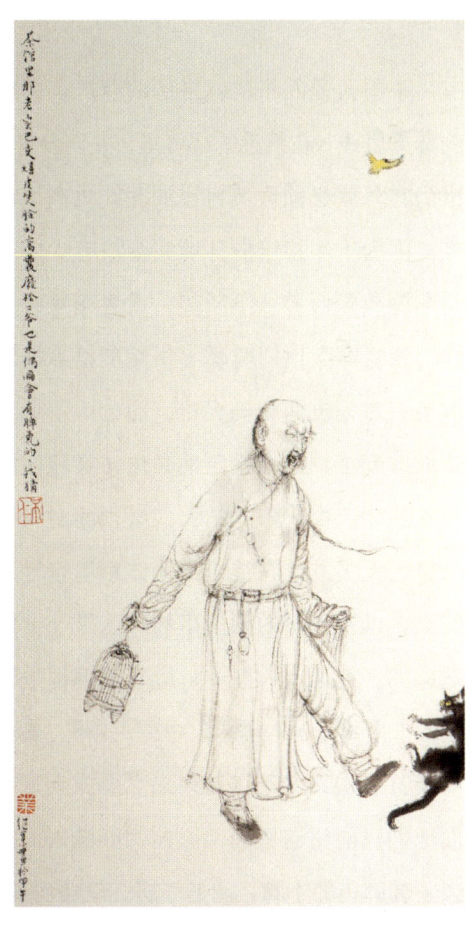

人家让我画中国男人之丑，想起《茶馆》里那一票嘴脸，再看了一遍发现，那些丑都是实实在在的，并不扎眼，唯美那位大概是提笼架鸟老实巴交的窝囊废松二爷。好久不画了，拿他练练手。

其实丑不在相貌而在表情，相与心合，即使干坏事也踏踏实实并不觉得丑，相貌与心不合，带出的表情才是真丑。刘麻子要是学雷锋你就知道了。

中国人爱面子，就是所谓尊严。每个等级有每个等级的尊严底线，在熟悉的环境里，人们没有太多假装的必要，出门在外就必须假装自己的底线更高。古代大概没那么严重，因为千年稳定的环境完全没有太多假装的必要，也就是东施效颦假装一下娇美，或者李鬼假装李逵骗取一个凶悍，或者穷人出门时嘴上用猪皮擦点油假装吃过肉，这些假装有点俏皮而无伤大雅。而进入了近现代，生活环境无情地改变了，原来稳定地必须诚实地生活其中的家族体系彻底崩塌，失去依托的人们必须面对大量的陌生人，大量与自己无关的，在传统道德体系里自己不用去负道德责任的人，以及大量的陌生事物，这是一个民族在短期内无法适应的。在家族体系中，所有美德都是围绕家族需求而产生的，而离开这一需求，中国人自私、缺乏合作性、虚伪、冷漠甚至残忍等等，这些缺点暴露无遗。新的问题太多，而他们只能用这些简单原始的办法去面对，中国整体像失去了裹脚布的小脚，畸形毕露，软弱而步履艰难。

贯穿千百年的人治社会让中国人极端不具备对人对事的公平态度，这让贪污受贿、巧取豪夺贯穿历史。典型的

中国人这瞧热闹不嫌事大的习惯，大概源于普通人真正能参与其中的乐子实在太少了，于是乎用奔走相告的方式来宣泄自己的快感。

中国之丑是强者跋扈，弱者撒泼，加上古代圣贤在思想上的概念模糊造就了中国人轻视逻辑且极不讲道理。"癫"这个字是很多地方没有的，而恰恰高发在一个"爱面子"的民族身上，缺乏公正的仲裁机器，让人们以近乎动物的方式解决冲突，要么恐吓，要么求饶，残忍之心和忍受屈辱的程度已至极致。

如果中国没有融入世界，这一切并不显得丑陋，古典的封建社会中的各个社会因子因长期磨合而可以自圆其说，帝王这口尚方宝剑始终能给人提供精神上的慰藉，那些五花八门的丑态反而让社会更加玲珑剔透。西方文明的到来一下剥掉了中国人的古老外衣，而那同样古老的肉体和精神完全无法适应，从而变得丑上加丑，就像被剥掉锦绣长袍的短粗双腿，被迫套上丝袜，再加上一双高跟鞋。

今天的中国人生活在一个现代的物质环境和传统的权力风格下，这造就了惊天动地的变化。这变化已经让人来不及顾忌美丑，或者无从美丑了。物质带来的幻象暂时掩盖了内部的极度不协调，人们依然用封建的思维方式思考，用西方的道德标准化妆，我们依然毫无逻辑不讲道理，依然贪婪、残忍、虚伪、缺乏同情心。教育并不是让人追求真理和乐趣,而是像古代一样依然是一个谋生的途径……我们依然是现代生活方式打扮过的古老而丑陋的怪胎,个人之美不难做到,而民族之美实在是遥不可及。

人之丑不在相貌而在表情,相与心合,即使干坏事也踏踏实实,并不觉得丑,相貌与心不合,带出的表情才是真丑。中国之丑最大的祸根是人治,人心的扭曲造成了各种各样的丑恶,《茶馆》里结束时常四爷有一句台词:"盼哪,盼哪,就盼着谁都讲理,谁也别欺负谁!"是啊,到那时人心就纯净了,就不丑了,腿也长了,就穿什么丝袜高跟鞋都好看了。

最幸福与最威武

现在的孩子大概不知道鸡毛掸子曾经是一种凶器。公鸡的一生,最威武的时候大概就是绒毛已经褪去,做鸡毛掸子的毛还没长齐的时候,也没见过黄鼠狼,也没见过长辈被抓起来杀了,天天袒胸露背四处闲逛,各种挑事起哄扎堆看热闹。你要是问它幸福吗?它绝对说 No。但这个时候,其实是鸡一生中最幸福的时光了。大概就像是我初中那会儿……

过去鸡到处游手好闲,抓点蚂蚱、蝲蝲蛄什么的,天天玩儿。过去的家长到了傍晚,最重要的乐子就是叫鸡和孩子回家。而现在的鸡太苦了,现在的鸡哪有那福气啊,死了都身首异处,鸡头、鸡爪子、内脏在烧烤摊,鸡胸、鸡腿在肯德基或麦当劳。哪像从前,被自家人一刀杀了,五脏六腑连一腔热血都被一锅炖了,一点儿脾气没有。

鸡毛掸子。

恶人总是先告状,其实真理近在咫尺,只可惜兔崽子们不去发掘。
譬如,一直嘲笑兔子尾巴长不了的人类,其实是一种有尾巴的动物。

人有多可怜,仓鼠弄不明白,因为仓鼠以挖洞为生,而人天天都在挖洞,无形的洞。不为藏身藏食,仅仅是为随机的一点点兴致,挖挖挖。
因为人剩下那点乐趣,全在不明所以的挖掘中,隐隐约约似有似无,就像一个海上的椰子,那样漂着,心里永远想着某一天,在某个沙滩上钻个洞。但是海真……人。

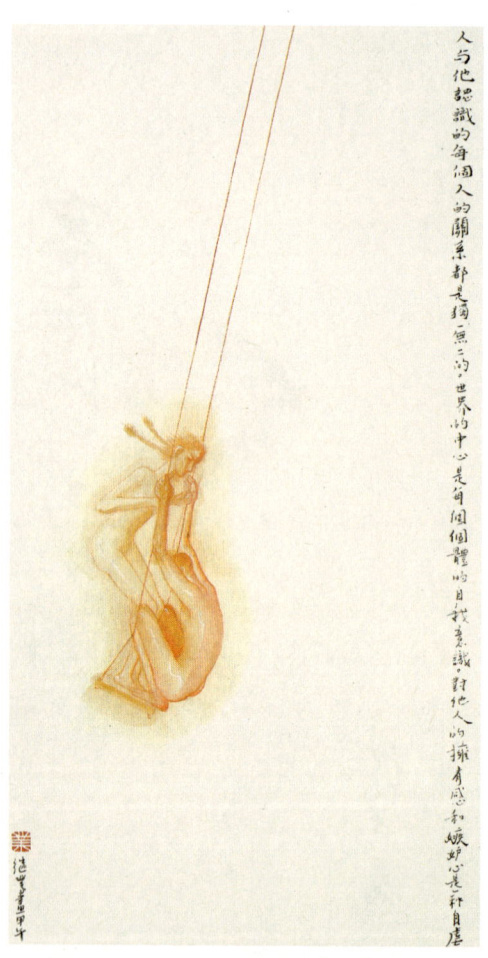

"人与他认识的每个人的关系都是独一无二的,世界的中心是每个个体的自我意识,对他人的拥有感和嫉妒心是一种自虐。"
下午画了这画,被俩吃面的打断了。半夜回来补上一行字,不多不少正好天地撑满,大意是:对你认识的人好点,你在别人心中真不是全部。

"那些好大喜功的人在人们心灵上撕开的伤口,最终都需要那些不务正业的人去一点点地缝合。"
写完这句,翻开帽子看了看产地,崩溃,海明威永远也不会知道,他挚爱的巴拿马草帽最后被中国人学会了,即使世界杯也无法缝合南美人民那因丢失草帽而破碎的心。

类聚

"类聚"是个好词,但常人的理解大概有偏差。每个人都有很多层类,行为习惯或心灵上的。

行为上的很容易分别,一起喝酒、踢球、吃饭,这些是以肉体因行为习惯或情感而类聚的人们。

而他们心灵上的"类"则是超越物理世界的距离的,每个人在心灵上都有"类聚",那些成员可能素昧平生或者关系疏远,这种类就是"品味"二字。

蜗牛不是牛。

会不会打骑兵没问题,你只要会写边塞诗,历史听上去就一直雄壮着。吃稻谷鱼虾的人们一直用辞藻武装着自己的尊严。

狼是最纯的,因为品格不好的狼,都变成了狗。

有一种人

有一种人天生像中式的知识分子。

小时候身体很差,被迫读书弄坏了眼睛,长大后,再把自己那苟延残喘摇摇欲坠的基因所带来的一切恶心统统归罪于他人和社会。

撒泼不是来自勇敢,而是知道实在没有人愿意碰散他这个满是裂痕的屎盆子。

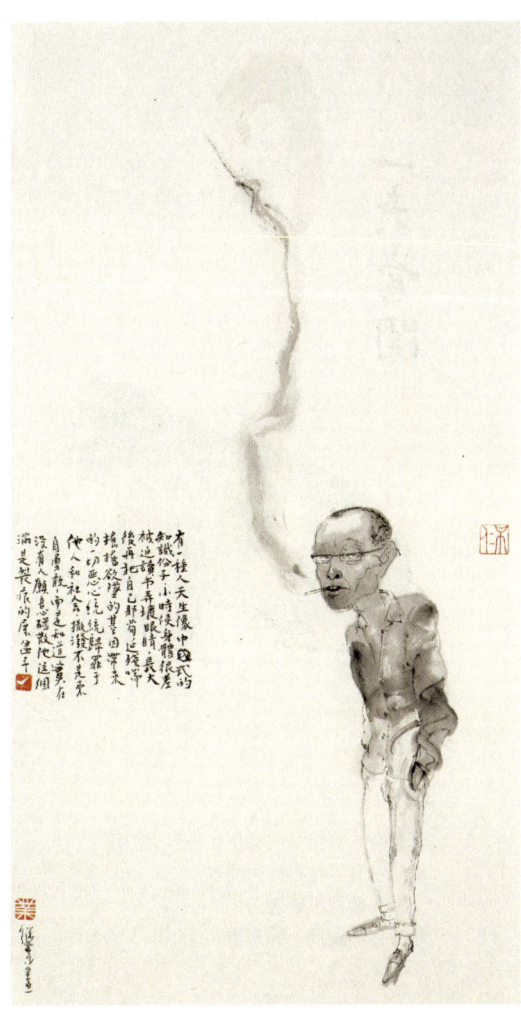

中式知识分子。

曾经有一头勇猛的猪挡在去食堂的路上,
从此它有了吃不完的潲水。
一万头猪都没能进去!
最终它们发现,原来馒头也可以当潲水吃。

没有人会去想猪的感受,因为没有人是猪。
这跟司机背后的座位最安全是一个道理。

笨人多谬论

那天有人跟我说，画国画的不练高尔夫，因为会手抖。

人要是给自己找台阶真是满地都是，大概打高尔夫的不会写字也可以说练字会影响挥杆……

如果一个朋友小时候摔倒沾了一嘴鸡屎，导致一辈子不吃鸡，这事我觉得是合情合理的，做爱影响司马迁写《史记》我也是信的。但手抖，真是笨人多谬论。

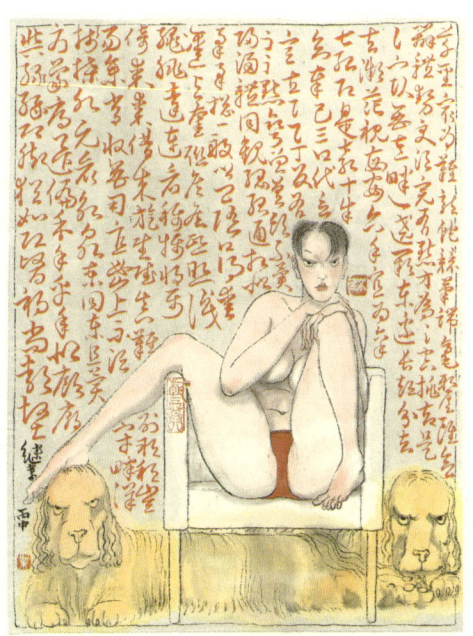

笨人多谬论。

信笔懦夫

他总是躲在一个尽量安全的地方,在心里勇敢地把他永远够不着的人不分青红皂白地痛打一顿。所有动机仅仅是因为他恨自己不明白为什么恨他所"暴打"的人,同时痛恨自己的软弱和愚昧。因为他知道,自己没有勇气去直面或者抗拒他所"暴打"的人。

安全的时候懦夫最凶悍。

如今公开抱怨或者质疑别人需要的智慧成本和勇气极低,夸奖才需要勇气。因为夸奖会招来低成本的抱怨或者质疑。刚才看到一篇文章,一通的抱怨,就是不敢说自己喜欢什么,其实他喜欢的跟他抱怨的没什么区别。只是抱怨让他自己感觉更安全罢了。

懦夫都乐于鼓动或赞赏别人去做自己做不到的事,或勇敢,或大仁大义,或下流,或卑鄙无耻,或贪婪,或咸鱼翻身之类的奇迹等等。人大部分是懦夫,所以我们爱看电影,爱隔山振臂高呼。世界是只猴儿,浑身都是猴儿气。所以做电影很简单,你只要让那些懦夫发自内心地羡慕就行了。对,就是羡慕,然后继续柴米油盐。

斗鸡。

缓慢升腾的忧伤

黑暗中

一阵突如其来的骚乱

她被挤出了温暖而舒适的床

滑落着

惊慌

她紧紧地抓住身边的一切

以延缓自己的坠落

但那片温暖越来越远

在一次剧烈的起伏之后

再也看不到她原来的地方

绝望的冰凉

但瞬间

一阵强烈的温暖将她包裹

她感觉又回到了家

又回到了那舒适的床

惊恐中她环顾四周

回忆着刚才的噩梦

但这噩梦如此真实

似乎从未醒来

温暖中

她试着平复自己

一切就像是虚惊一场

床还是那床

但似乎多了分安详

忽然间

又是一阵更加剧烈的骚乱

如噩梦里一样

她跌入虚空

真实地向下坠落

她知道这又是一场噩梦

必须熬过这未知的漫长

但突然来临的剧烈停顿

让她从不曾有过的噩梦中醒来

她看到自己已经破碎

看到上面那永远无法回去的床

她知道自己即将死去

因为她散落的身体

正缓慢地升腾着

忧伤

（刚才我躺着睡不着，侧卧着打了两个哈欠，打第一个哈欠时，上面一只眼睛里流出一滴眼泪，顺着鼻梁流进了下面一只眼睛，打第二个哈欠时，那滴眼泪彻底掉到枕头上摔了个粉碎，然后慢慢蒸发了。别把什么都当作诗！）

艺术闪念

没有艺术之前的艺术才是艺术。艺术开始于不务正业。

艺术史和艺术潮流都不是针对个人的,那些东西都是心灵懒惰的人的学问。每个人小时候都是鲁本斯或王羲之的胚子,然后,都被假象教坏了。你自己就是学问本身,你自己就是宇宙的中心,因为所有事情都是你自己判断的,必须觉悟。

我从来都认为艺术是社会的毒瘤,但是你们现在的品味太不致命了,全是不干农活假装商人的农民。

信仰截句

每个人心中大概都有一张自己认为最终可以兑现的支票,并为它坚守着,所以信仰是人人都有的。

信仰有时是一种防身的武器,或者衣服上的装饰蕾丝。

人们通过劳动获得存在感,信仰则是理性的润滑油。

信仰看来是必要的,因为就算我们能够完成我们共建的那个真理世界,我们从个体上也无法理解它。因为虽然单个大脑非常强大,但作为终端机的装机速度是有限的,人们大概需要一个简洁的系统对付那些来不及安装的问题。求知是令人沮丧的,因为猩猩看来再怎么努力也理解不了人,而人相信自己能无止境地理解下去。

天光光,捉鸡劏①

我儿子四岁时从幼儿园学回来一首广州话儿歌,我一直记到现在。那词一听就知道至少是清朝时候传下来的。我当时真想给幼儿园写封表扬信,这才叫儿歌,太中国了,一幅活脱脱的田园景象,又是活脱脱的中式人际关系,感觉像公司裁员会议似的。

今天在网上找了好几个版本,都不是我儿子当年念的那个,我靠记忆改了一下,看了几遍差不多是这样吧。如果会广州话,小孩子童声唱出来,真是太好听了,那声音至今在我耳边萦绕……

"天光光,捉鸡劏。鸡毛鸡比鸡垃圾,不如劏只鸭;鸭话我挛毛多,不如劏只鹅;鹅话我颈长,不如劏只羊;

---

① 方言。读 tāng,宰杀。

羊咩话我脚趾叉,不如㓥只马;马话我要载主人去埠头,不如㓥只大水牛;牛话我要耕田养人口,不如㓥只大乌狗;乌狗话东边有贼我又知,西边有贼我又知,不如㓥只大肥猪;猪话我日食主人三斗潲,夜食主人三升糠,主人要㓥我就㓥。边个食咗②我肥猪肉,一觉瞓③到大天光!"

天光光,捉鸡㓥。

---

② 方言。读 zuo,助词。用在动词后面,表示动作已经完成。
③ 方言。读 fèn,睡。

拿文艺练练字

不知英语里有没有"文艺青年"这词,至少不如现代汉语里这么常见。大概世上本无文艺青年这样东西,大概本地功课和生活都太难,就让那些知难而退的孩子去关心功课以外的事情了,如果不难,大概谁都可以那么"文艺"。

文艺公鸡脑子里那几根孔雀羽毛煞费苦心地长出了几根鸡毛掸子,就自己觉得文艺了。其实他们知道的不过是人人都应该知道,或者知道不知道都无所谓的一些事情,每只公鸡都该有鸡毛掸子。

文艺大概也是一种懒惰的借口。

文艺青年崇拜的那些人们大概都视文艺为粪土。

所有自认为是文艺青年的人都有点二。

小时候有些大人把一切疑似塑料的东西都叫作"化学的",因为到底是什么他不知道,所以统称"化学的"。这时,

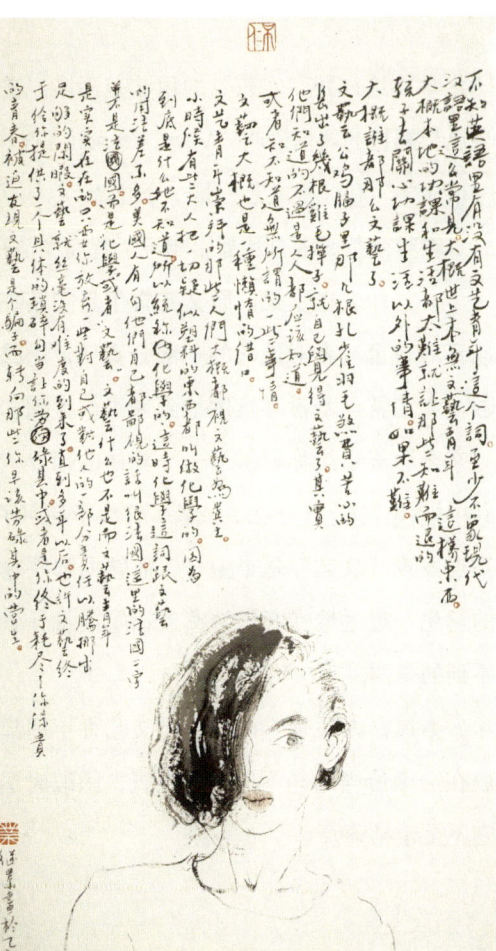

拿文艺练练字。

"化学"这词跟"文艺"的用法差不多。美国人有句他们自己都鄙视的习惯语叫"Very French（很法国）",这跟"很化学"和"很文艺"是一个腔调。

咖啡或茶或者豆汁都影响不了智商和情怀。

文艺什么也不是,而文艺青年是实实在在的,只要你放弃对自己或者对他人的一部分责任,以腾挪出足够的闲暇,文艺就丝毫没有难度地到来了。直到多年以后,也许"文艺"终于给你提供了一个具体的琐碎勾当,让你劳碌其中继续"文艺"下去,或者,你终于耗尽了宝贵的青春,被迫发现"文艺"是个骗子,而转向那些你早该劳碌其中的营生,远远地在心里继续或谄媚或批评着那些你永远做不到的东西。

不过,人还是应该把自己文艺青年那部分情怀小心地放在一个恰当的并不显眼的位置,闲暇时适当打理,以让它不至于枯萎。

大画西游

《西游记》说的是一群美食家的故事,那道超级大菜叫:唐焱。

业说西游

小领导一般都抱着一个自己深信不疑的目标,孜孜不倦地拧巴他的下属,让他们相互猜疑,钩心斗角,用遥遥无期的空头支票把大家团结在自己周围。

历尽艰辛终于找到大领导时,大领导"世家抹泥"完全忘记了他们要来干什么,于是随便打发回去。

然后大领导把这事也忘了。

然后这些乡下人居然编出这许多故事来……

西游五佛。

斗战胜佛。
敌进我退，敌疲我扰，
打得赢就打，打不赢就跑。
灵感全来自这毛茸茸的斗
战胜佛。

净坛使者。

从调戏嫦娥来看,猪刚鬣是个率直的人,玉皇大帝的果子都敢吃。

其实调戏姑娘也算一种吃相。吃相好,姑娘都欢喜;吃相不好,人家就告你调戏。

金身罗汉。
参加革命晚,多干点是应该的。

旃檀功德佛。

《西游记》说的是一群美食家的故事,那道超级大菜叫:唐蒸。

母妖精吃唐僧

《西游记》里最古怪的是,各色妖怪抓到唐僧都似乎要养一阵子才下锅。大概是像做泥鳅豆腐一样,要养得拉干净屎尿,囫囵个儿吃的。

悟空也从不着急师父被吃,从容地到各处告状搬救兵,其中必有遮掩。

大概公妖精都是想拿唐僧解馋饱肚子,而白骨精这种母妖精则未必。三藏是个美男,都是想饱肚子,用哪张嘴可真不一定。

白骨夫人。

真不爱画打女人的画。
悟空明明自己是个妖怪,非要对着个如花似玉的女人穷追猛打好几次。情何以堪。

冰桶挑战这第八十二难是万万躲不过了。

唐僧之汗。

悟空之烦。

八戒之馋。

沙僧之倒霉腿脚酸。

猪八戒背媳妇。

前面就是沙家浜。

観自在菩薩行深般若波羅蜜多時照見五蘊皆空度一切苦厄舍利子色不異空空不異色色即是空空即是色受想行識亦復如是舍利子是諸法空相不生不滅不垢不淨不增不減是故空中無色無受想行識無眼耳鼻舌身意無色聲香味觸法無眼界乃至無意識界無無明亦無無明盡乃至無老死亦無老死盡無苦集滅道無智亦無得以無所得故菩提薩埵依般若波羅蜜多故心無罣礙無罣礙故無有恐怖遠離顛倒夢想究竟涅槃三世諸佛依般若波羅蜜多故得阿耨多羅三藐三菩提故知般若波羅蜜多是大神咒是大明咒是無上咒是無等等咒能除一切苦真實不虛故說般若波羅蜜多咒即說咒曰揭諦揭諦波羅揭諦波羅僧揭諦菩提薩婆訶

般若波羅蜜多心經

万物心经

抄《心经》绝对是一种无赖行为，无论头天干了什么乌七八糟的事，回家都能假模假式地抄几笔《心经》，让自己觉得尚可挽救。天一亮，觉一睡饱，又是一条或者一头不要脸的好汉。

好猫一身毛,好佛一头包

"菩提本无树,明镜亦非台。本来无一物,何处惹尘埃。"

慧能这偈子看似悟性十足,翻译成今天的话大概是:那佛祖的袈裟里装的都是泥,你还天天擦个屁的灰啊。潜台词是这买卖有假。你想想,让一个外籍民工学几天佛,估计也能悟出这道理。

但问题是,这道理误中了五祖弘忍的疑惑。这修佛重在于修,而不在于佛,信字第一,祖宗八辈谁成佛了也不知道,这念头至少有真的可能,但多少人靠这吃饭,多少人靠这憧憬来世……再一想,为师这么多年,连佛祖头上的包哪来的也没人问过,这厮竟敢如此狂妄,本公司决不可留他。于是趁着月黑风高,给了他些盘缠打发回家了。

至于后来袈裟什么的搞不清楚哪来的,据说前面四个

好猫一身毛,好佛一头包。

祖宗都不知道有击鼓传袈裟的事情，慧能回去干了什么也无记载。但慧能死去多年后出了个能干的徒弟神会，怀揣一本《坛经》只身北伐。这神会年逾七十，鹤发童颜能说会道，最终扳倒当时已尊六祖的倒霉神秀，就是天天打扫卫生那位，于是慧能就成了六祖。有一种说法是，《坛经》极有可能是这神会攒的，都是政治啊，广东人闹革命绝对是有传统的。

美人心经。
好佛经抄在哪儿都那么合适,丝毫不拧巴。

手抄《心经》

"观自在菩萨行深般若波罗蜜多时照见五蕴皆空……舍利子空不异色色不异空"。

每次抄这头几句《心经》我都心里直乐,心想当年不识字的慧能要是背了这个回去广东,再解释一遍给老乡听,有可能是:看见一个自由自在的菩萨走进一个叫般若的菠萝蜜林子深处很久,碰见五次怀孕都流产的舍利子,什么没落着,像没做爱一样。

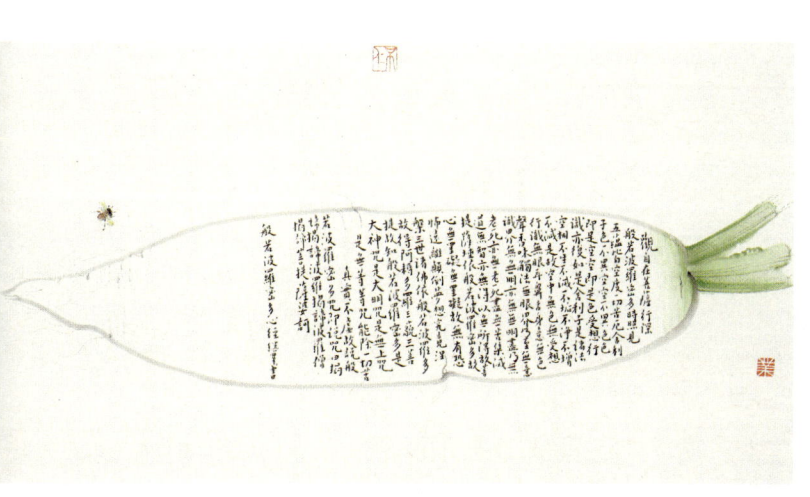

萝卜心经。

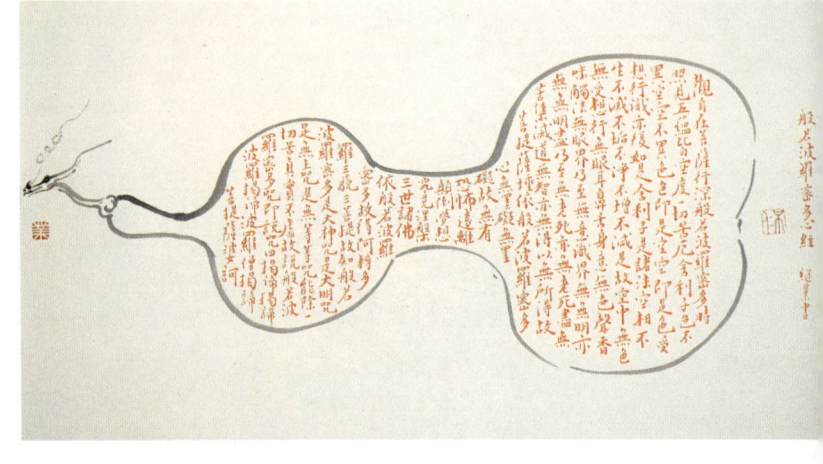

葫芦心经。
知道葫芦里有药比知道葫芦里是什么药重要。
佛经对于普通人就是一只装了药的葫芦,
存着心里踏实罢了。

菠萝心经。

我爱韭菜

和尚为什么要戒韭菜?因为太鲜了,味道色情,但哈出来的气恶臭。五荤里的葱、蒜、韭、薤头、兴渠大概都有这种性质。

早期释迦牟尼佛教小团体相当于师范学院,是专教人怎么聊天的。你想,要是一个师父对着你一口蒜一口韭菜地夸夸其谈,谁还信佛?那时又没有牙刷、绿箭什么的,所以干脆戒了。

但我最爱韭菜。

韭菜心经。

芹菜心经。

之前画了根韭菜,一堆人抢。

我琢磨半天才明白:韭菜——久财。

都是财迷,今天画根芹菜——勤劳致富吧。

菠菜心经。

人无横菜不富,马无夜草不肥。

野鸡毛的回忆

2008年的这个时候,我在大连给父母装修房子。记得有一次上后山,发现一窝野鸡蛋。今天翻出当时那篇博客,点开一阵心酸,我只记得有野鸡蛋,并不记得有父亲和山宝的照片。山宝和父亲都已相继去世,而这照片却新鲜得好像此时他俩依然在山上坐着。就着当时捡回来的野鸡毛抄个《心经》,祝俩老兄弟在那边快活。

博客原文:

今天下午陪老爷子和山宝上北山,这老哥俩天天带着小凳到山上坐俩小时。其实我去的目的是想拣点蘑菇,这几天天热,山上蘑菇特别多,天天见小区的工人从山上一筐筐往下拎蘑菇,看得我眼馋。出发前带了俩塑料袋,我倒真没预计能拣到多少,山本来就不大,而且整个上午被几批人搜过,估计漏到我这儿的蘑菇剩不了几个了,而且肯定都是些歪瓜裂枣。

我得叫山宝三叔,他是我奶奶的外甥,过去是村干部。记得他以前牙尖嘴利的,说话永远带三分挑衅,现在看起来老了许多,但表情里仍然透着武林老高手那种藐视一切的神态,一见面就问一大堆显然不用你回答的问题:

"你认得我?"

我说认得,每次回来都见到。

"你这次回来干什么?"

我说装修房子。

"买那么些房子干什么?"

…………

"你不在北京看着你展览的东西,不得让人偷偷卖了?"

…………

他这属于典型的农村范的玩世不恭,路上熟人问:"干什么呢?"山宝答:"扯淡呗,干什么!"

刚到山边我就发现了蘑菇,于是我掏出塑料袋跟着蘑菇进了林子,跟他们说一会儿去找他们,估计山宝这时候才弄明白我不是来陪他们遛弯"扯淡"的。

童话里经常有捡蘑菇迷路的,在低头弯腰走了一个钟头后,我发现找不着北了,但我知道我肯定在两个水库的中间,所以丢不了,于是继续瞪大眼搜索蘑菇。

我们这山上一直是有野鸡的,但不常见到,十几年前我回来时还会拿着气枪上山碰碰运气。野鸡是很容易打的,但是仅限于用霰弹枪,因为野鸡很有定力,不到关键时候是不会暴露的,有危险时它会趴在草丛里一动不动,但当危险变得让它忍无可忍时,它会毫不犹豫地飞走,野鸡比一般的鸟笨重,所以起飞很吃力(这可能是它们首先选择隐蔽的原因),而且会一条直线地飞行,所以霰弹枪很容易在它飞行的时候打中它。今天可能是我走得深,碰到两只,都是在毫无准备的情况下突然从离我很近的地方飞走,但是第三只,虽然也是很突然,但明显不像正常逃命的野鸡,它不是飞,而是快速地以"之"字路线奔跑,而且不停回头看我,我脑子里一下明白过来了:这婆娘想引开我!我心中升起一阵狂喜——这附近一定有窝蛋,没准是一窝小鸡。于是我开始在周围翻

野鸡毛心经。

看，转了几圈后，在一棵小松树的树根处发现了这窝灰色的野鸡蛋。

那一瞬间的心情比得上洞房花烛夜、金榜题名时。一共八个，静静地躺在那里，我小心地拿起一个，温热，而且有三个蛋已经被里面的小鸡啄破，估计这两天就能孵出来。我那个兴奋啊，现在想想，我当时的脑子完全是个少年的脑子，因为最后一次碰到这种情况时，我也就十几岁。我本能的判断是少年的判断——摘下帽子一窝端，回去用个灯泡把它们孵出来养；几分钟后我的脑子变成了青年的——母鸡怎么办？万一回去孵不出来多可惜，于是我决定把三个破口的带回去；又斗争了十分钟，我的脑子终于四十了——多难得啊，留它们在这儿吧，现在还能有这样的情景真是福气；然后就是犹豫——天使老薛和魔鬼老薛的斗争。我又天生爱养东西，克制这点瘾又花了十分钟，于是我决定明天再来。明天那三个破口的蛋要是变成三只毛茸茸的小鸡，估计什么也挡不住我把它们端回家来。我一步一回头，磨磨叽叽地也不知道方向地走开，好像不是要下山，仅仅是迫使我自己离开那些蛋。

下山的路上碰到老爷子和山宝,山宝说:"我们招呼你,你是不是故意不应?"

偌大个山,就我们三个,还有那母鸡和那些蛋,真好。

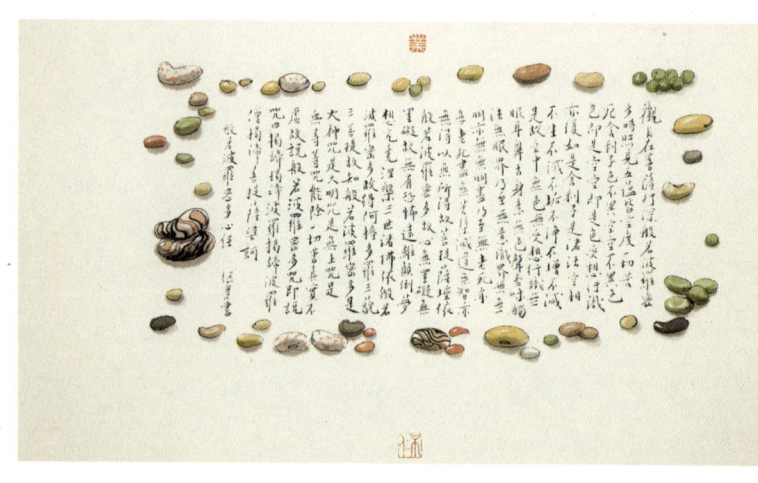

种子心经。

一样东西的食物是另一样东西的种子,这听着挺沮丧的,但活物不就是这么来的嘛。

猫在外面嚎叫一定是干着不叫不快的事,可人呻吟的时候有可能什么都没发生,人哪,人。

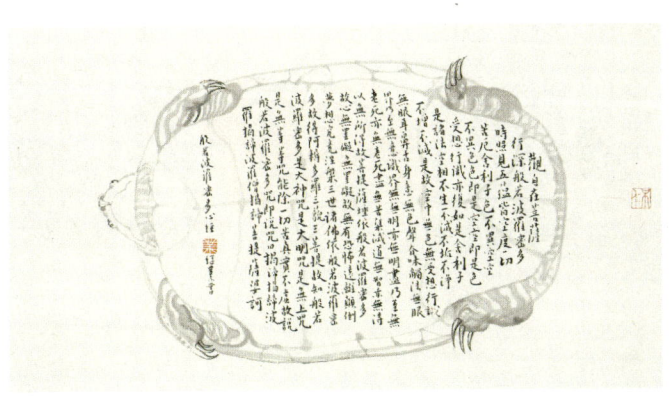

乌龟心经。
乌龟为什么老是能跑赢兔子？因为人们总是偏爱奇迹。

螃蟹心经。
佛考验你的时候到了!

可乐心经。

明白跟不明白是一回事，不明白跟明白还是一回事。

明白就是不明白，不明白就是明白。

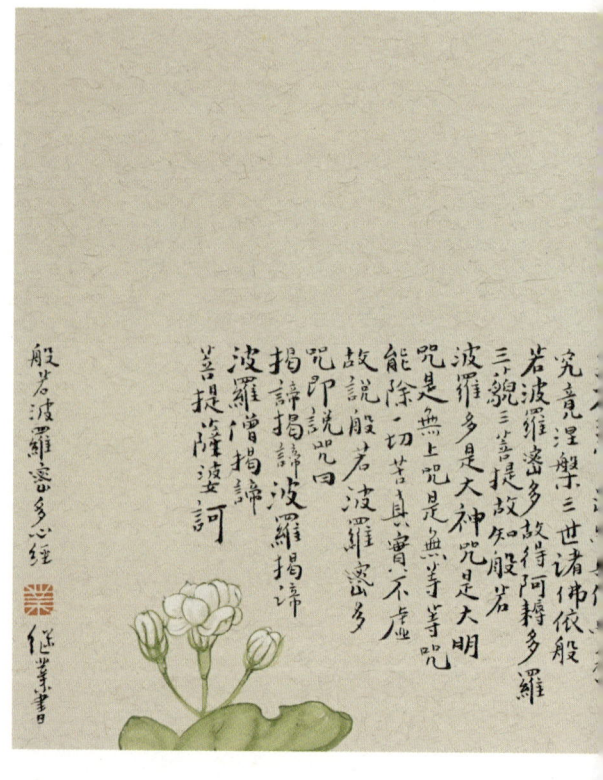

茉莉心经。
中国的国花照道理应该是茉莉,牡丹、梅花这些真有点打肿脸充胖子的嫌疑。

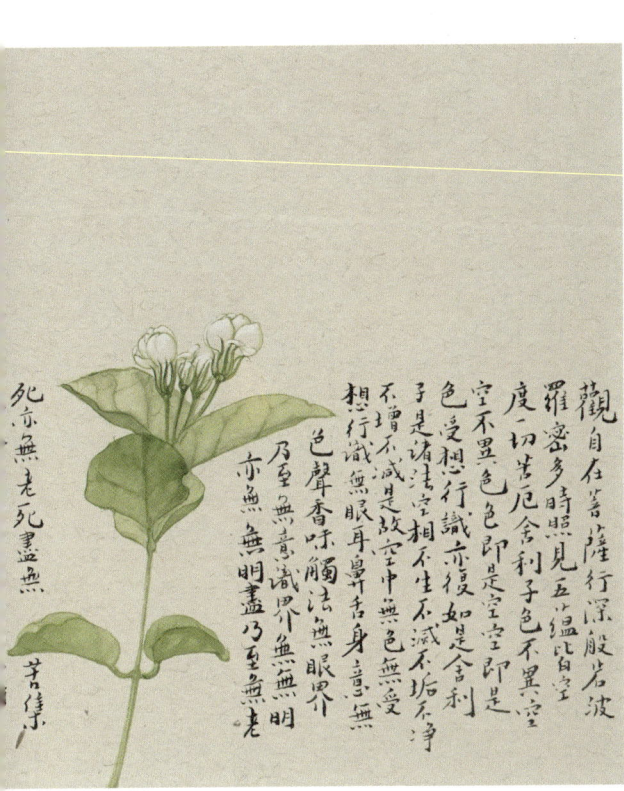

觀自在菩薩行深般若波羅蜜多時照見五蘊皆空度一切苦厄舍利子色不異空空不異色色即是空空即是色受想行識亦復如是舍利子是諸法空相不生不滅不垢不淨不增不減是故空中無色無受想行識無眼耳鼻舌身意無色聲香味觸法無眼界乃至無意識界無無明亦無無明盡乃至無老死亦無老死盡無

菩提宗

荷花心经。

"出淤泥而不染"这句话实在可恶,荷花的养分根基都来自淤泥,没有淤泥握住那些藕,它凭什么在风中摇曳。

老薛耍猴

当大部分人都怀疑他人的真诚时,社会就进入了一个怪圈。为了不引起别人的反感,就必须把自己打扮得玩世不恭,把所有人性中好的东西隐藏起来,因为社会的潜台词是:你一定是假的。所以,最安全的方式是把自己打扮成流氓,至少在某些人群里。

蹲者尊

清理画时发现有张画画得不满意,没写字。放了半个月,今天一看,怎么又好看了。

随手在上面写个"蹲"字,瞬间,一个困惑我良久的谜团咔嚓一声碎了:

读书时候去西北,就会奇怪为什么那里的人们那么爱蹲着,长途车两边都是穿着黑棉袄蹲着的人,饭馆里好好的条凳不坐,个个端着一海碗大面在上面蹲着。今天终于明白了:蹲者——尊也。

蹲者尊。

一觉醒来，四处逛逛，吃点东西又困了，一歪一躺又是一觉。
觉悟觉悟，觉好了自然就悟了。

公投这事,唯一目的就是:你看!都是你们自己定的。

"宋有狙公者,爱狙,养之成群。能解狙之意,狙亦得公之心。损其家口,充狙之欲。俄而匮焉,将限其食。恐众狙之不驯于己也,先诳之曰:'与若芧,朝三而暮四,足乎?'众狙皆起而怒。俄而曰:'与若芧,朝四而暮三,足乎?'众狙皆伏而喜。"(《列子·黄帝篇》)

错

事物总是朝着偏离它本身的方向发展。如果对是事物本身,那么错就是事物发展的规律,似乎所有的东西都有意向错的方向发展。

所以,没有什么是对的,对只是某些碰巧符合我们或某些人心意的错。当这些符合心意的错熟练了,就变成了一个似乎受控制的错,一直忽左忽右地错下去……

换句话说,只要发生了的事情都没有错,因为事物的本性是这样,我们只是依照自己的心意去选择利于自己的事件,而认定其他为错而已。

错了,只要不改,全是对的。

事物總是朝着偏離其本身的方向發展。如果對是事物本身,那麼錯就是事物發展的方向和規律,似乎所有東西都有意向錯的方向發展。沒有什麼是對的,對只是某些碰巧符合我們意或某些人心意的錯,當達巧似乎受控制的錯一旦忽左忽右的發展或黑色的錯熟練了,就變成了一個錯下去……換句話說,只要發生了的事情都沒錯,因為事物的本性是這樣,我們只是很照自己的心意去選擇利于自己的事件,而認定其他為錯而已。

错。

在炎热的夏天反思一下进化史,总有那么几个决定有点令人沮丧,那第一个爬上岸的孙子是多没有远见哪。

小"提"大"坐"。

别瞎劝别人,也别瞎听人劝。
二不难,难的是一直二下去。
二到山前必有路,二到桥头自然直。

今晚来我家，咱俩抓虱子玩好吗？

还是得躺着。

当大部分人都怀疑他人的真诚时,社会就进入了一个怪圈。为了不引起别人的反感,就必须把自己打扮得玩世不恭,把所有人性中好的东西隐藏起来,因为社会的潜台词是:你一定是假的。

所以,最安全的方式是把自己打扮成流氓,至少在某些人群里。

谦虚其实就是装饰材料

我一直认为自己一辈子最大的缺点就是不会恰当地谦虚。大部分不会谦虚的人会被别人当作傻×,我们的社会需要谦虚,好像柏杨先生专门讨论过中国人的谦虚(《丑陋的中国人》),大致是说,因为要给占绝大多数的傻×们保全面子,所以要假装跟傻×们打成一片(柏杨先生好像不是这么说的,但我感觉意思是这样)。当然,"谦虚"有多重含义,我也不想糟蹋这个词。但是我越来越发现,大多数时候,谦虚在社会生活里变成了一个越来越丑陋的词,它和"恭维""赞扬""尊敬"等词,其实像女人随身小包里的化妆品之类的东西一样,都是装饰材料。

我们真正感受到的谦虚,往往是我们认为他们不用谦虚的那些人表现出的谦虚。但可能有这样的情况,一个站在山上的人对山下的人说:我还不够高。因为他看到了山

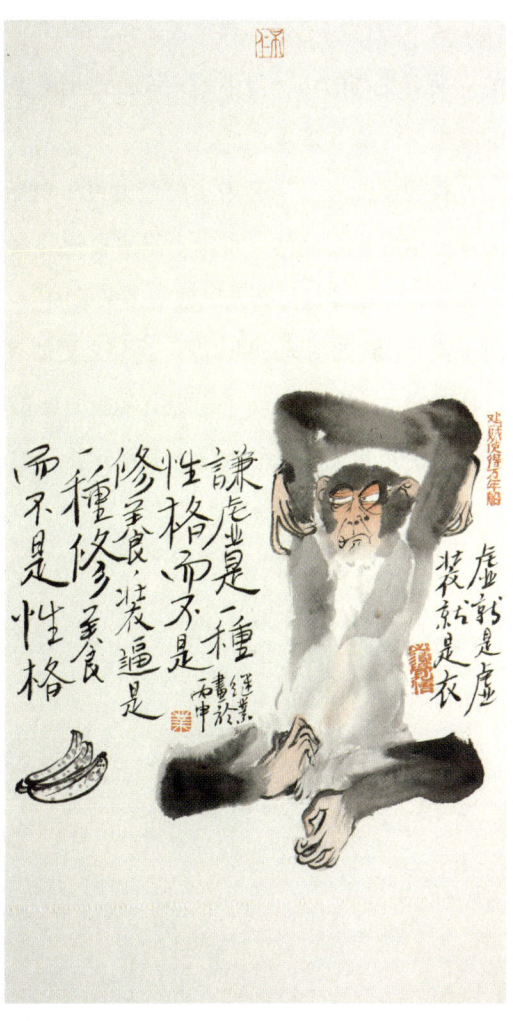

谦虚其实就是装饰材料。

的后面有更高的山，山下的人说：他真谦虚。因为在他们的眼里，他站得够高了。

我的偶像之一牛顿爵士曾经说过一句话（我在我儿子的课外读物里看到的，肯定不是出自他的《自然哲学之数学原理》，没准是什么人以他的名义编的），大意是：谦虚对于优点，犹如图画中的阴影，会使之更加有力更加突出。这比喻真牛，但也证明了谦虚其实就是装饰材料。另外这老哥也挺市侩的，既然他老人家都这样，咱们也应该想办法多给自己点儿"阴影"。

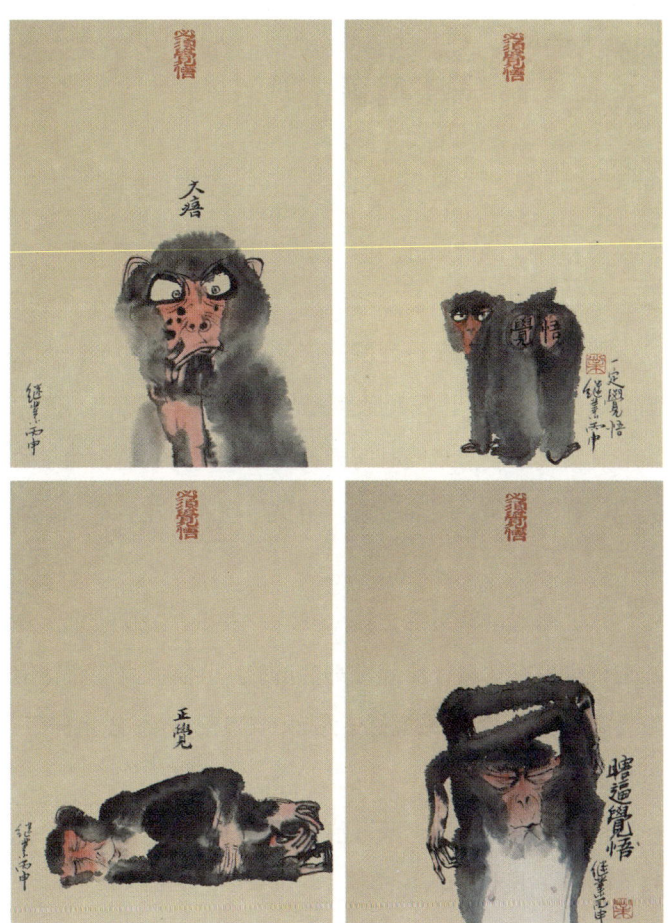

世界大还是理解力大,这是觉不觉悟的根本问题。
觉悟就是一觉醒了,发现自己其实还是只猴子。

天天画画是恶习？

那天，一老朋友转述了一位老名人的新谬论——天天画画是一种恶习。让我顿时恼羞成怒。

其实我也没情绪没时间天天画画，我的兴趣像北京的天空一样不稳定，国油版雕、招猫递狗、拈花惹草，随机游走。

话说回来，其实没有什么方式、方法、习惯是谁都合适的，也没有什么行业是谁都合适的。其实我真心佩服能天天画画的人，管人家说好不好呢，又没用你纸，没用你墨，没打扰你时间的。

世上本没有恶习。恶习都是事儿妈嘴里的羡慕嫉妒。打你的坐，让其他人痛去吧。

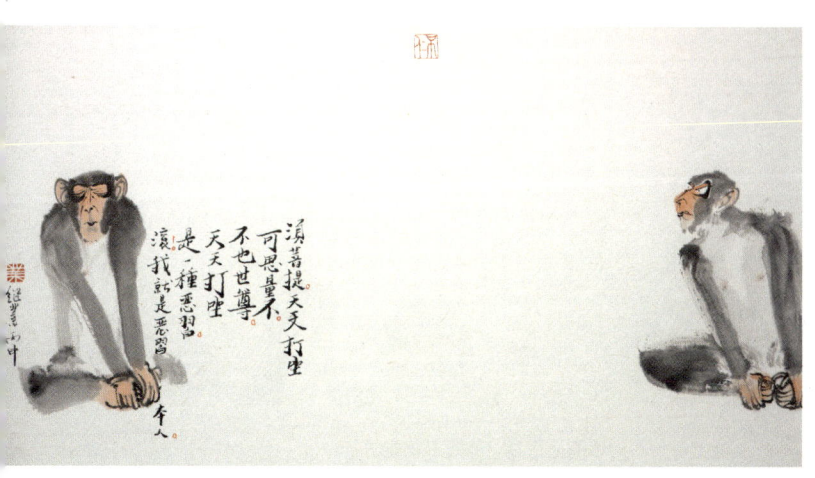

天天打坐是一种恶习?

大家都关心的事情往往是对你最不重要的。

一个人恍然大悟叫"发现",
群人恍然大悟叫"受骗"。

想逃避惩罚的最后一招就是:
您大人不记小人过;您别跟我一般见识;您就把我当一个屁放了吧……

卖孩了买猴儿　玩呗。

公平最终抹杀所有的智慧,因为智慧本身不公平。
用户手里的终端决定一切,因为今天的手指是最低贱但最强大的工具。

人都是爱面子的，这是在暗示什么，难道很难吗？

笔能把你关进去,也能把你放出来。

抢红包。

你比青春小一岁，我比青春大半年。

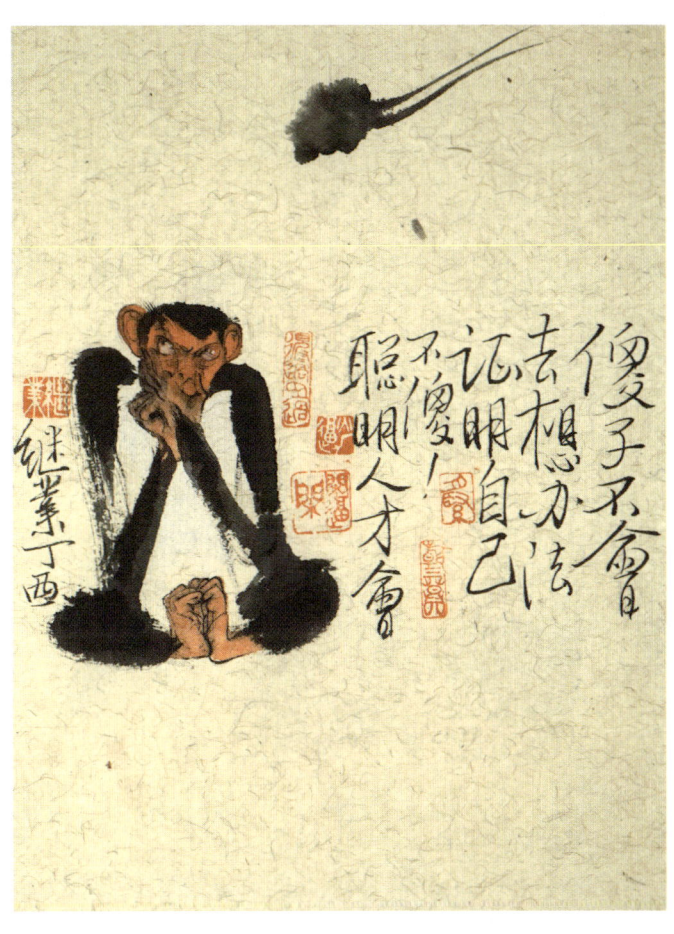

傻还是聪明?

想起一件事,又忘记了。

象绘《山鬼》

屈原《楚辞》里的"兮"字真好用,随便往什么地方一抄,就瞬间化腐朽为滋泥,极品鸡贼之手段也。

画《山鬼》

屈原的《山鬼》本是写来自己撒娇的,那山鬼就是他自己,因失宠于楚王而流落山野。

屈原是怨妇体的鼻祖了。你想想,如果你是楚怀王,能容忍身边有这样一个人吗?除他以外都俗,除他以外都奸,满楚国就他明白。

《山鬼》的本质就是自己觉得自己冤得很美,巴望着怀王再宠幸他一次,那豹子就是怀王的假肢,可惜丫屁也听不懂。爱叨叨的一定不是好大臣,但注定是好诗人。

历朝历代画的山鬼都穿得整整齐齐,最多身上加点类似步兵伪装的树叶,但自从徐悲鸿画了个下体光溜溜的家庭妇女骑在一只硬毛豹子上之后,从此山鬼和屈原正式在中国裸体了,惨不忍睹的色情。所有山鬼都惨不忍睹。屈原者,冤屈也。

画山鬼。

少女山鬼。

这山鬼可以没事就画一张,当意淫。

豹子是楚怀王的假肢。

"表独立兮山之上,云容容兮而在下。"

"雷填填兮雨冥冥,猨啾啾兮狖夜鸣。风飒飒兮木萧萧,思公子兮徒离忧。"
屈子真断袖也。

真皮沙发。

宣纸上的东西真是透着随便,有时真不知道重点是练画,还是练字。横竖都是个练。有点像街上练把式,你不知道他重点在练吆喝,还是在练把式。

又画了张山鬼,画完吓我自己一跳,豹子、女人、树叶都有,可怎么看着那么瘆得慌。都怪我那猫出走了三天,弄得我脑中各种惨状,无中生有地嫁祸屈原。

但回头一想,大概也没人能证明真的山鬼不是这样。真相往往不尽如人意啊。

"既含睇兮又宜笑,子慕予兮善窈窕。"

钟馗耍宝

金重九首,红袍黑毛满地走,挤眉弄眼鬼见愁。

昨晚画这钟馗给我乐坏了,也就中国人能捧红一个打扮成圣诞老人的恶煞,还人见人爱的。

圣诞老人满世界送东西,而钟馗满街抓东西,这都什么境界啊。

鬼也分公母，
钟馗不容易啊。

两天不见鬼,"妖"蛾子都想逮。钟馗也寂寞,别给我胡乱飞。

五福临门。
中国人最逗的是,把赶不走的麻烦都挑出点好内容,变成一种福气安慰自己。
所以老鼠、蝙蝠、蛤蟆之流都变成双眼皮儿的了,美啊。

灯下黑,
瞎捉鬼。

不能得罪小人,但以得罪小人为工作的人例外。

大人物出洋相,天生令小鬼欢乐。

马三立有个相声,
说钟馗一开衣橱,
嗡!一力多红衫。

黑胖子一般都喜欢跟树过不去。

钟馗听松。

小鬼只会打溪涧的冰水,土布安知我褪色的。

乐死鬼。

历史性会师

两大神仙终于历史性地会师了。看着怎么那么像遍布欧洲的正义女神朱蒂提亚啊,一手举着一杆天平,一手握着把剑,那大概是海洋民族做买卖的风格。

中式买卖的风格大概是"聊"和"砍"二字,神仙必须和钱有关系,这就是中国吧。近代好像也没出过什么神仙,就扶正个白石做代表吧。

历史性会师。

小题是否大做

捉鬼这事也是有学问的。钟馗大抵只捉恶鬼,可这恶鬼也有穷凶极恶难捉的,也有鸡鸣狗盗易捉的,也有似恶非恶似鬼非鬼搞不清的,选择难易全看馗哥自己。

如果捉鬼不计工分又无犒赏,这钟馗必须有圣人的品质才能实至名归。书里说鬼有身形巨大估计钟馗也捉不动的,可画里的钟馗都捉些体格瘦小的小鬼,估计馗哥也是个识时务者,捉得动则捉,捉不动则不捉,捉多捉少看心情,横竖没人管得了他。至于似恶非恶似鬼非鬼的,可以随时安个罪名,随时捉捉以供玩耍。

猫捉老鼠也不一定为了果腹。反正群众喜爱馗哥也就是个象征,至于有无鬼魅,古人也搞不清。后附一篇《郁离子》的《论鬼》篇,看看古人怎样用辩证的方法论证究竟有没有鬼这样东西,很有启发。

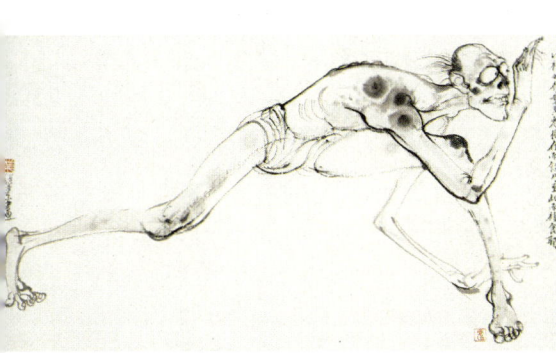

《论鬼》。

小题大做。

上面凉快吗?

没有钟馗之前,漫山遍野都是自由自在的鬼。

独在异乡包饺子，
每逢佳节吃饺子。
遥知兄弟煮饺子，
遍插茱萸等饺子。
今日头伏吃饺子，
什么节都吃饺子。
在北方，饺子是万能的。

历史相

中国历史上的相貌只有几个。

最容易识别的就是张飞、钟馗、李逵这种黑猫脸,还有吕布、马昭、赵云、西门庆这种女相口红青年猛男,或者李世民、李白、诸葛亮这种白面吊睛中年口红男……

至于女的,翻翻中国春宫图或老的刻板插图,你分不清哪个是潘金莲,哪个是林黛玉,都那个样儿。

历史相。

那边三缺一,
赶紧送爷去。

闲闲散散金石滩,
山珍海味十几天。
酒量每天都在涨,
痛风一丝也没犯。

一声叹息。

小鬼就像猴子身上的虱子,
不捉难受,捉光了无聊。
捉鬼也是个乐子。

都知钟馗捉鬼,谁知鬼捉钟馗。
再多毛的好汉,也有一颗痒痒的心。

黑脸捉鬼,
粉面捉花,
喜怒必形于色。

穿制服的人其实挺有压力的。

都见过钟馗捉鬼,谁见过钟馗练功?
络腮胡子一路长到脚底板的才是真汉子。

馗哥掏耳,没事自嗨。

前天一老外问我，这邪恶的圣诞老人是谁？
我说是个鬼警察。中国道教诸神中唯一的万应之神，要福得福，要财得财，有求必应。
他不明白我为什么画钟馗，我说他是首流行了一千多年的巴松练习曲，他懂了。

嘚瑟钟馗。

活到老,逮到老。

百花钟馗。

若得生双翼,
千里捉婵娟。

鬼多势众。

附 录

随笔

人与动物最明显的区别是人会搞艺术（非本能的）。

不同的人是以不同的方式看待艺术的，它可能是一种时尚、一种爱好、一种工作、一种生活方式、一种写作素材，或只是另一种相对论。

艺术就像一本词典，不断有人加入新的词汇，也不断有一些老词不再被使用。

我们究竟偏爱艺术中的哪些部分，当然有很多不同的角度。如果基于角度的不同把人群模糊地分为两类，最为妥当的是把他们分为制造艺术的和不制造艺术的，他们是以不同的角度来观察艺术的，虽然不同的角度没有好坏高低之分，但它们是不同的。这就是为什么艺术中可叙述的东西对某些人是欣赏的根据，而对另外一些人却是完全次要的。

有的时候，文字是一种多余的东西，特别是用它来描述艺术的时候，它们之间的共通之处是表达，目的都是让别人感受到这些表达，但接受它们的方式却风马牛不相及。一个聋人不可能从字里行间感受到音乐之美，你也不可能只从文字的描述中知道蒙娜丽莎究竟是怎么笑的。人脑跟电脑在对文字和图像的处理速度方面可能是相反的，我们处理图像的能力要比处理文字快得多，这就是为什么我们可以瞬间从一堆东西中分辨出我们认为好的、平庸的、坏的。

一个好的个人风格的形成是艺术家的自我教育的结果，是艺术家在接受现有的艺术信息的时候有意无意产生的错误的累积。

交流对于艺术的观察者是完全有益的，而对于艺术家，交流有时是有害的。

当你直接体验艺术，你才可以说你体验了艺术。CD里的音乐只是音乐的一部分，画册里的图片也只是艺术的一部分，所以，艺术对于严肃的观察者来说应该是昂贵的，而对于不严肃的观察者来说是低廉的。

好的艺术是一种线索，它不仅仅是作品单纯的表述，还包涵了某些它所联系的艺术家及其背景的方方面面的因素，虽然有些是艺术家无意间的流露。相面是有根据的，因为你的脸就是你经过多年而制造的一件完美的作品，上面包涵了很多关于你的线索。但不是每个人都会相面，就像不是每个人都会从作品中发现它背后的东西一样。

艺术有一个重要因素是所谓"能人所不能"，这有点像我们欣赏杂技的"难"之美，因为艺术家在长期的工作中养成了特别的审美标准和工作习惯。当这些审美标准和工作习惯演化成本能的时候，它所流露出来的东西是独特的和不易模仿的，换句话说，成为一个好的艺术家的捷径可能是长期地努力工作。

杜尚是艺术史的最后一次革命，他更像是一个大括号，把以后所有的标新立异都装在那只尿兜子里了。

所谓"观念"是不能被单独强调的艺术元素，最差的艺术都有观念，就像最笨的人都有大脑一样。

艺术寄生于文明，和文明一样都有一个基本的构架，但它们在这个构架上会无限制地生长，只有当它们死亡的时候，这个构架才显露出来，它们的尸骨正是它们的精华。艺术伴随它所寄生的文明而死亡，而文明的死亡要看它变得多臃肿，或者说，它的表皮离它的骨骼有多远。而人类的审美需求，往往是文明的强力催肥剂。

人脑是个奇妙的东西,我们会因对象不同而产生各种不同情绪。有些情绪是与对象完全无关的,随意揉成一堆的废纸也可能让我们浮想联翩,而且对相同的可视情景我们也有各自不同的反应,物件的价值因观察者背景的不同而不同。艺术鉴赏也一样,所有理论性的内容都是片面的,一件艺术品在每个观察者的脑海里都是有所不同的,而且每个观察者的不同反应对于他们自身都是相对正确的,一件艺术品的创造是艺术家与观察者共同完成的。

观察者的悖论——雅典的维纳斯在被发掘以前不是艺术品,在被发掘后,她在发掘前也是艺术品。

任何感觉都可能是一些物质,美感也一样。当我们或主动或被动地接受关于美的信息时,大脑制造这些物质,作为以后关于美的相应的对照。当新的信息进入大脑,而我们又没有与之相应的"美"的对照物质时,我们就会产生迷惑的感觉,然后制造一个新的相对应的物质放在未知的物质类或者放在丑的物质类一边。当我们被反复告知这些信息是美的时,我们就可能把这些变成新的美的对应物质,当然也可能不予理会地放在原地。个体的差异和后天修养都影响对这些物质分类的能力和分类的结果,这就可以解释为什么我们原来真实地感觉到丑的东西，后来又可以真实地感觉到它的美，而有些人天生对美丑有着高贵的判断力。不同的人所制造的美与丑的物质的总量和比例是不同的，词义上的"鉴赏家"要求有最多的这种物质总量和最好的对它们进行分类的能力。但在现代社会，我们（包括"鉴赏家"）更多地依赖于强制性的别的大脑处理过的贴了标签的信息，大部分人更倾向于把被告知的美的信息直接产生美的连带物质，而忽略了自己的判断。

审美力量贯穿了人类文明进程的各个角落，我们这种来自远古的要求可能是所有生物进化的动力源泉。换句话说，生命目的可能就是审美，它把散乱沉闷的无机物搭建成从简单的病毒到复杂的人类的丰富多彩的生物个体和社区。从这种角度看，审美即是生命的宗教，而这宗教的上帝，就是美。

山外

今天,似乎有一个公认的但还远远没有自圆其说的"标准世界",虽然大部分人不是亲自证明的,但是我们都相信,我们是生活在一个可以解释清楚的世界里。历史上所有好奇的人一起,把这个世界每个局部都仔细地研究了一遍,我们的好奇心不断被证明是值得的,依靠文字,所有这些经过反复纠错的成果通过书本保存了起来,我们得到知识的效率成倍增长,我们不需要再去论证前人的论证,可以迅速通过阅读知道几乎任何事情。现在我们大多数人认为,我们是生活在一个星系里的一个碰巧水汪汪的蓝色星球上,这星球已经存在了几十亿年,曾经有数不清的、已经消失了的物种在这里上演过无数辉煌。证据就在脚下,而我们最后登场,并在最后一瞬间聪明了起来,这种聪明史无前例,我们已经聪明得似乎能了解宇宙的秘密,我们似乎有能力对过往的一切进行总结。

在书本里,我们构建了一个清晰有条理的世界,每样东西都有自己的标签,这个论证出来的清晰的、逻辑缜密的世界随时可以通过阅读安装到新生的脑子里,并在这个新脑里重建这个标准的世界。你不用去过北京、巴黎、拉萨,但你知道那里一定有紫禁城、卢浮宫和布达拉宫,一切都是确定的,这个标准世界因它的逻辑清晰并且拥有无数实证的支持而迅速蔓延着。

很久以前,今天的所谓世界上分布着无数不一样的世界,玛雅人、埃及人、中国人、印度人、希腊人都用不同的方式描述他们的世界。这些世界都有着不同的历史、空间、神灵和生活方式,这些不同的世界与他们的生活方式完美结合,他们一代代安详地生活在自己的世界里直到死去,并深信自己会在那些世界的安排下重生。大约在1500年前,这些不同世界的人开始相互沟通融合,他们尽力用自己的世界影响他人,或者逐渐被他人的世界影响,而今天,那些世界渐渐统一在一个大世界里,并身不由己地继续统一着。

这个"标准世界"大大超越了我们的感官,我敲击着键盘,看着屏幕上的文字一个个出现,旁边金青鸟在唱着,前方水池里是快开花的鸢尾，玻璃窗外，快发芽的银杏树下是大理石雕，雕塑上方是蓝色的天空。我用远古时代的人们同样的方式看着、动作着。而今天，这一切都不仅仅如此：神经元怎样通过电荷经过何种介质传递信息，视觉如何反馈电脑上的文字回到大脑，键盘使用什么样的塑料，CPU如何运算，软件如何把英文序列变成中文，显示器怎样控制一个个液晶点，金青鸟的发声方式及它的产地、分布、种属，鸢尾花的根茎叶的细胞及生长方式，玻璃的制作历史、成分及加工工艺，白果里的氢氰酸毒素，大理石的成因以及所有一切这些东西的分子式，天空远去依次是对流层、平流层、中间层、暖层和散逸层，再往外是太阳系、银河系……这标准世界如此之大，以至于没有人能完全知道它。

这个公共认知的"标准世界"确凿无疑，我们都是它里面的一分子，它似乎比古代的世界更合理、更丰富，或者说更先进。这种渗透在所有事物里的"确凿"赶走了"愚昧"，蒙昧时代人们各种各样的"信"，被这种"确凿"侵蚀殆尽。过去我们相信有各种稀奇古怪的事情存在，今天我们只在电影院里的催眠状态下相信片刻。我们现在知道月亮上并没有兔子，玉皇大帝和那些天兵天将似乎完全不靠谱，天堂地狱什么的也越来越荒唐……几千年积累的众多传说被"真理"一个个驱逐出这个世界。机器让巧匠们停下了手里精巧的活,共同的时尚断送了人们各自的"风雅",普通人的创造乐趣被工业化大面积剥夺,他们不再自己动手刺绣、编筐、腌制食品,孩子们不自己制作玩具了,从老人那儿得来的神奇东西都被统一的教育证明是荒谬的。完美的视觉传送让人们可以低成本地看到任何东西,包括最险峻的山川、最昂贵的宝石、最美丽的女人,神圣和珍贵这些概念从此消失了。新技术的效率改变了人们的时间概念和耐心,今天我们可以一天完成唐僧西天取经的路程并躲开妖魔鬼怪,但我们体会不到玄奘一路所观所闻所想的任何东西了。统一的数据库强大得让任何东西都不再新鲜,但任何人都没有能力在自己的脑子里完整重现这个世界。这个"标准世界"是永生和无限的,而我们每个人,依然各自生活在一个狭窄的时空里,因为我们会死去。

以前看过一个小故事,一个姑娘得了重病,在病房里看着窗外靠墙的常春藤叶子不断被风吹落,她认为最后一片叶子的凋谢代表自己的死亡,于是她失去了生存的意志,奄奄一息地等待叶落。一个画家听到这事情后,夜里冒着暴雨,在光秃秃的常春藤后面的墙上画了一片栩栩如生的叶子,让姑娘重拾生存的意志并活了下来,而画家自己却因此患上肺炎去世了。这个故事里,那片假叶子在姑娘心中是真的。

对于其他人,世界上并不存在我眼前这一切,世界只是每双眼睛背后的,那一个个"我"的世界。一个夭折的少年和一个睿智的老者有着完全不同的世界,但它们都是各自完整的。

这世界可以像个传统的牧民那样,降生前,他的整个世界仅仅是母亲的身体,从一降生开始,母亲的乳房,父亲的声音,酥油的味道,然后帐篷外的草地上的牛、羊、犬、马,河里的游鱼,天上的飞鸟,这世界开始一点点真实地成长,四季变迁,草木荣枯,牲畜繁衍……远处之外永远有远处,他已经搭建好一个丰富的由他的感官直接参与确认的世界,一个越来越接近成年人公认的世界。

与此同时,感官外的世界也继续延伸着,在远处他没去过的地方,他会听长辈告诉他还有什么样的人、什么样的地方,最终,他发现当他去到那些地方时,果然是那些人、那些事,他开始任由他人去完善他的世界。在时间上,他只可能亲历出生后的事件,而从其他人那里,他会知道父母的故事、祖上的故事、族群的故事、传说的故事。他知道这都是真实世界里发生过的事情，他怀疑的东西可以随时从他的世界里拆除，但他更倾向于相信大家都相信的事情，因此他知道人们转经念佛一定是有道理的，那高大寺庙在人们心中的位置如此重要一定有道理，那些长途跋涉去某个神圣地方的人们一定有他们的道理……他不一定知道为什么，但他知道这是他真实世界的一个重要组成部分，如果没有这些，世界是不完整的。他的世界里，任何事情都跟他有关，这世界以外的东西要么加入他的世界，要么"不存在"。

他的世界是独立的，并且周围都是与他的世界类似的一个个小世界。这一个个小世界共识并支撑着一个自圆其说的宇宙，他并不知道他脚下岩石的历史，他站在海拔极高的地方，他的血液比世界其他地方的人黏稠，他爱喝的酥油茶里有维生素……他的爱恨只属于他自己，他相信他现在只是生活在一个过程里，他的一生是为另外一生准备的，这是他在这里最重要的原因，他必须小心虔诚，以免死后转到比现在恶劣的地方……

他不知道远处的世界跟他的多不一样，并且慢慢地朝他走来，那个世界将带给他无数陌生的东西，他不知道他将会多么喜爱那些东西，也不知道那些东西会怎样改变他，怎样改变周围的一切,那个由他们共同相信的世界将会被这个一定会到来的,更直观更强大的"标准世界"摧毁,他也不知道他将乐于这样。

壹读·大家一起问薛继业

@赳赳：你画裸女的时候心里在想什么？

@薛继业：当然不会是想着蛤蟆，不过蛤蟆的下身确实有点裸女的意思。

@王丫米：薛老师，您创作的时候会找模特吗？还是只通过想象作画？比如两只青蛙做爱那张，您是想象的还是抓了两只青蛙令其交配，然后看着它们画的？

@薛继业：为了张小画我至于给俩青蛙拉皮条吗？青蛙才不

那样交配呢，我只是想着俩人画青蛙而已。青蛙的身体比好多哺乳动物都更像人，皮肤光滑，膝盖、胳膊肘、脚后跟俱全，脚丫子、小手儿、关节分明，腹股沟清晰，所以俩蛤蟆面对面往那儿一趴你就自动意淫了，我也就达到目的了。

@ 弗洛格：你觉得艺术圈最大的毛病是什么？

@ 薛继业：跟那圈严重不熟，我老是把 circus 和 circles 弄混。

@ 客家阿改：假如世界毁灭，你可以带上一幅画逃离地球，你会带谁的？

@ 薛继业：这种情况下带任何一只蛤蟆都比画有价值。

@ 游心太玄：除了画画外，你最喜欢做什么？有什么事情能让你沉迷其中吗？

@ 薛继业：太多了，我学过的东西基本上是综合大学的大多数科目，但除了女人和画画，我倒找不出什么可以一辈子沉迷的事情。

@CIUPPARIS：薛老师有中年危机吗？哪些细节会让你感觉到老之将至？

@ 薛继业：站在一生智慧的巅峰有什么好危机的，我很积极，一般会盯着比我大一轮的人，看着他们还色眯眯地满街窜我就安心了。

@无闻：岁月对你最大的改变是什么？

@薛继业：你们能不把我往老了聊吗？上球场你防不住我。

@奥非：薛老师有没有情绪低落的时候？有的话怎么办？

@薛继业：我一低落就改行，反正会的多。

@依依：除了画画，你还有什么副业？

@薛继业：招猫递狗、拈花惹草、提笼架鸟。

@杉菜：你最喜欢的艺术家有哪些？

@薛继业：很多画家你会喜欢他们的某一部分、某张画，通盘喜欢一个画家有点迷信色彩。我喜欢的东西很多，教科书上其实都是好的，但是你能理解他们哪个部分很重要。从观赏角度我更倾向工匠型的艺术家，他们能做到一般人做不到的事情。历史上的大匠很多，名字谁都知道，但是真正能理解是件极其难的事情，例如，我对着那张画看半个小时，跟你看到的是不一样的东西。说简单点就是，一般人倾向于去体会绘画的叙事部分，而我欣赏的是里面每个部分的表情，好的绘画在欣赏的时候像在听音乐，一般人一辈子也无法体会。

@日落旅馆：直至目前的人生中，你认为最接近自己理想的生活状态是什么时候呢？是什么样子的？

@ 薛继业：小时候我班主任和我父亲给我最好的评语是得过且过，用今天流行的话叫且行且满足，每天都是昨天的理想。从小我看个什么都有领悟，然后把这领悟忘了，留着空间让自己继续领悟。我看书很慢就是因为看着看着自己就跟着领悟神游了，因此对于我，没有必要体会自己的生活状态，足够好了。

@ 好奇心墙裂的田鼠：你相信轮回吗？或者说，相信灵魂不灭吗？你禅修吗？

@ 薛继业：我愿意相信，但目前我这逻辑系统安装的防火墙拒绝我相信，不过逻辑思维大概无法管理潜意识的信念。轮回是个好概念，让人的心灵有隐约的安详。我曾经写过一句话："我们的脑子可能被预装过，如果这是真的，释迦牟尼就是对的，佛教从逻辑上就有物质基础了——释迦牟尼找到了预装在自己脑子里的世界蓝图。"我们的快乐来源于我们的态度，这至少是真的。

至于禅修，有可能我上世是菩萨，我觉得做任何事情都是禅修。

@ 幺蛾子：没有绘画天赋的孩子要不要花费时间学画画？

@ 薛继业：绘画是一种思维训练，任何人都应该尝试，它锻炼你空间地看待事物,就是立体思维,多角度地解决问题。绘画能放大你的智慧,就像丘吉尔和希特勒一样。当然,可能你见过的画家都很笨,那是因为本国很多学习不好的人才去学美术,自然选择在院校画室进化出了一个脏乱差傻的群体形象,其实他们已经比过去聪明多了。不要在乎画得好与坏,在绘画里好与坏的标准在你自己,让自己满意就是好。让孩子喜欢绘画相当于送给他一个一生都玩不坏的玩具。

@ 灰卡:如果可以指定别人给自己的画上写字,不限古今,希望由谁来执笔?

@ 薛继业:当然是黛玉。

@ LUCXIANG:当初是什么让你做决定来到北京呢?

@ 薛继业:卤煮。

@ 卡瓦伊:什么样的人在你眼里最有意思?

@ 薛继业:半夜吃卤煮的人。

@ 依依:你创作的灵感来自本身的经历还是对人生的思考?

@ 薛继业:好的作品来源于习惯,笨人才用画画处理文字可以做到的事。

@ 思无邪:你人生观和世界观的核心思想是什么?

@薛继业：跟你发生关系的那部分才叫世界，跟你发生关系的那部分人才叫人。世上没有称傻×的秤。

@高静12344：以你现在的阅历、心态，能不能对即将毕业或是刚刚走向工作岗位的大学生孩子说几句忠告或是其他？

@薛继业：玩点有技术含量的。人三十岁以前是类似电脑的装机过程，钱够用就行，多看死人的书，始终保持对事情的兴趣，发现自己的长处，与人为善，学会轻视新生事物，你总有一天会体会到保守的力量，因为体会它成本很高，这一天越早到来，你的品质越高。被别人尊重是有代价的，你喜欢过的学过的东西都会一生受用，让你乐呵呵地过一生。这些大半我都不太会。

@高静12344：问一个《先锋人物》的标志性问题：现在的你想对十年前的自己说些什么？如果可以回到十年前，你又会如何走接下来的路？

@薛继业：在2007年把股票沽空，钱全部拿来买北京的房子，其他照旧。

@锐二：请问你一直是以什么样的心境在创作呢？

@薛继业：先表演给自己，再表演给别人。装×能使鬼推磨，鸡贼驶得万年船。

@**雨林边缘**：如果给你一部时光机器,你愿意放弃现在北京的生活,回到过去,回到小时候吗?

@**薛继业**：我父亲一直看不懂也不喜欢我的油画,但不干涉我,如果回到过去,我就早一年画水墨,这样他去世之前能高兴一年。

@**北极星**：如何更好地认识自己?

@**薛继业**：照镜子。

《289 艺术风尚》采访提纲

采访对象：薛继业

采访时间：2014 年 7 月

289 艺术风尚：高中时您在学校发现了美术兴趣学习小组，随即拿定主意：这辈子不干别的，就画画了。为什么那么小的年龄就产生了这么坚定的志向？那具体是一种怎样的驱动力？中间漫长的过程有没有动摇过？

薛继业：那会儿可真不小了。我是从小画画的,但一直不知道有美术学院这样东西。初中毕业我从一个时常发生打架斗殴事件的烂学校以第一名的成绩考入省重点中学,入校就发现他们有学画画考美院的,于是我第一时间坚定地抛弃了数理化和我父亲对我的人生规划。我当时的数学老师甚至去见我父亲,希望他阻止我,我最终的办法是干脆不上数理化了。当时我那石油学院招生办加学生处双处长的老爹几乎崩溃,以我的成绩考大学是件简单的事,但一改画画就没准了。我想的就是,这辈子得干个好玩儿的行当,搞石油就算了。

289 艺术风尚：考上广州美院版画系后,您后来也画油画,做雕塑,现在甚至举办了水墨画展,这几个领域对您来说是调换自如吗?

薛继业：版画和油画都需要下点功夫,雕塑和水墨我似乎天生就会,一开始做雕塑是因为买了新房子没什么摆设,就做了几件人体,托人找工厂铸铜。雕塑带给人的气息跟绘画是截然不同的,反过来它又影响你的绘画习惯。做雕塑以后,我的油画明显受影响,有些油画甚至就是二维的雕塑，2008年我在新北京画廊的大理石雕展最初就是先画过类似的油画。而水墨算是被周围朋友加上微博粉丝绑架而画到现在的。我很小就画水墨，当时找不到宣纸，我记得我父亲从地质系拿回来一种特别的纸，上面有一层粉质的东西，画出来的效果有点像宣纸的效果。记得小时候还临摹过《芥子园画传》，但从高中进美术组开始画素描色彩以后就彻底不碰了。来北京后朋友多，过生日总是不知送什么，有一次在画材店看到有宣卡镜片，就买了几十张，一有朋友过生日就出门前随手画一张，到饭局有时都没干透，但朋友都喜欢，最后发展到有朋友要跟我买。我这油版雕的底子加上小时候隐约的芥子园底子，画这个跟玩儿似的。而且后来我发现，几乎任何人对他们喜欢的画都有拥有愿望，而水墨这东西对中国人几乎没有审美障碍，哪怕是一坨浓淡不一的墨团，也能调动出他们那遗传的审美情结，这种喜欢是坚定不移充满自信的，不像一般展览里那些将信将疑的眼神。并且我自己也开始画着写着上瘾，索性就跟着感觉走吧。

289 艺术风尚：后期调皮清新的水墨小画，不同于早期暴戾撕扯的人体油画，是因为您的心境随着时间的累积变得更加通达随和了吗?

薛继业：过去油画那些风格我会继续的，这两年画水墨必定会反过来影响油画，油画能表达的东西水墨做不到，而我一贯关心的东西也不会轻易改变的。我一直热衷对古老问题的反复演绎，例如选择、代价、对善恶的认识、概念化的情绪等等，有些东西像七巧板，看似简单却变化无穷。但我并不是一个执着于某种情结的画家，对得起自己的兴趣永远是第一位，保持某种风格这种事情我基本不想，你做的一切都是你的风格。

289 艺术风尚：您曾说当代艺术的创新，无论如何已经走不出杜尚写下的括号，在您心中，还有哪些艺术家或艺术作品是艺术史上的不朽，能否详细展开聊聊?

薛继业：我一直说世界是每个人的世界，艺术史也是。对于我来说，艺术是你能做到什么。创新根本不是什么重要的东西，历史上伟大的艺术家都不是追求创新的人，营造好自己就是创新，因为历史上没有过你。现在的所谓形式上的创新都是建立在无知的基础上，你要是什么都不知道，那么什么都是新的。杜尚的尿兜子进美术馆意义非常巨大，他的意思是任何东西都是艺术，形式上的创新这个词就没有意义了，但在微观上，没有东西是完全一样的，也就是说，即便最烂的艺术也都是新的，所以新没有意义。

289 艺术风尚：您对当代艺术有着看似不客气，实则中立的评价：怪胎。这个怪体现在哪些方面？参照系又是什么呢？

薛继业：全世界的当代艺术都一样，现代艺术的精神和方式让几乎所有人都似乎拥有了成为大艺术家的可能。西方的现代主义源于对他们所耳濡目染的艺术传统的厌倦，和民主社会的到来引发的大众阶层对艺术的参与愿望，艺术的仲裁权愈加分散而多元化，但同样慢慢丢失很多有价值的东西。而中国的当代艺术所学习的反叛精神非常可疑，一个世界艺术史粗浅感念都没有的民族开始大量制作和消费当代艺术，所谓怪就怪在这里。曾经有个资深画廊从业人员跟我说过一句话很有代表性，当时我看完透纳的展览想约他重看，他说：那种老东西有什么可看的。

289 艺术风尚：平时有阅读的习惯吗？喜欢的作品有哪些呢？阅读对您来说意味着什么？会直接影响您的创作吗？

薛继业：我买很多书，除了画册就是我希望读的。但是大部分书就是买回来当天翻翻而已，现在分散时间的事情太多，基本上无法专心读书，年轻时倒是看过不少。不过我不怎么看小说，受不了生编的故事，有时看点历史哲学科普类的书，让自己判断事物更有谱而已。我是个逻辑加感性的思维风格，天生的吧。

289 艺术风尚：您在微博、微信等自媒体上的影响力越来越大，有着强大内容传播力的《新周刊》也与您签约代理售画，有人认为您是一位洞悉市场运作的艺术家，您怎么看？

平时您有投资收藏的习惯吗？更愿意将自己的财富分配在哪些喜好上？

薛继业：我觉得水墨是我跟普通人审美趣味的一个交集吧。过去在微博上我常常写一段话，现在把它抄在纸上，画张画发出来人家就喜欢，图文并茂，我自己也乐在其中。移动互联网给人们带来了新的阅读方式和更自主的选择方式，我倒对市场运作没什么概念，有的是强烈的显摆欲望，和希望别人夸奖的童心。"艺术"这词横竖没什么好的意思在里面了，做个手艺人就不错，能人所不能永远是对的。我没什么收藏习惯，但是挑剔自己使用的东西，财富这东西不是靠画画能得到的，钱就是在保证你关心的人的安全前提下，爱怎么花怎么花就行了，再有钱也有你买不起的，土豪过得其实挺惨的。

289 艺术风尚：您觉得艺术教育跟普通教育有区别吗？如果有，艺术教育的特殊之处在哪里？

薛继业：艺术教育存在普通教育所没有的视觉教育，这不是文本可以解决的，就是所谓欣赏，就是对眼睛的教育，你即使熟读艺术史也不一定有出色的鉴赏力。艺术的有些内容是需要在反复练习中体会的，因此受过艺术训练的人欣赏一幅画的角度跟其他人是不同的。各大艺术院校的艺术教育目的其实没错，就是培养普通的美术人才，以后成不成得了艺术家是学生个人的事情。艺术对一个人来说是一辈子的事情，学校仅仅是短暂的四年而已，至少我的油画、雕塑、水墨都是毕业后学的。对学校没什么好埋怨的,很多大师(其实大部分)还没上过美术学院呢。

289 艺术风尚:您有幅小画拿蛤蟆做主角,蛤蟆有些惆怅地蹲在画纸上,画里题字:"开悟就是,有一日发现师父知道的其实跟自己一样多,因为那老东西也是狗屁不通。"这是对教育的醒悟还是对代际权威的反思?

薛继业:那是对禅宗的调侃,我是开悟了。

289 艺术风尚:您心中真正称得上师父的人,有吗?

薛继业:那些博览群书并有所感悟的人。

后记 觉悟

王朔在《我的千岁寒》中的北京话版《金刚经》里把"须菩提"直译成"必须觉悟",当时我就心中一乐,同样一个东西因为描述方式的不同会给人大不相同的印象。绘画也是这样,没有牛×的题材,只有牛×的描述方式。描述方式也会让人曲解很多本来就不明确的事情,所以古书有各种各样的断句和解释。我曾经写过这么个微博:

每次抄《心经》的头几句我都心里直乐,"观自在菩萨行深般若波罗蜜多时照见五蕴皆空……舍利子空不异色色不异空",心想当年不识字的慧能要是背了这个回去广东传开了,人家理解的意思有可能是:看见一个自由自在的菩萨走进一个叫般若的菠萝蜜林子深处很久,碰见五次怀孕都流产的舍利子,什么没落着像没做过爱一样。五孕皆空嘛。

"觉悟"俩字可以是任何,基本上就是一拍脑门:"哦,原来是这么回事!"但是大彻大悟是什么谁也没见过,《金刚经》开篇就"如是我闻",听说的,先不管大觉悟是什么,小觉悟倒是其乐无穷。一个小孩子从空空荡荡中来,经过一次次的小觉悟进入成年,然后被俗事熏染弄得百般禁忌,再穷其一生追求返璞归真,一次次地觉悟和一次次地推翻之前的觉悟,这就是人生乐趣所在,所以须菩提,所以必须觉悟。

图书在版编目（CIP）数据

老薛小画·必须觉悟 / 薛继业绘著. — 济南：山东文艺出版社，2018.6

ISBN 978-7-5329-5613-5

Ⅰ.①老… Ⅱ.①薛… Ⅲ.①随笔 – 作品集 – 中国 – 当代 ②水墨画 – 作品集 – 中国 – 现代 Ⅳ.① I267.1 ② J222.7

中国版本图书馆 CIP 数据核字（2018）第 060479 号

老薛小画·必须觉悟

薛继业　绘著

主管单位	山东出版传媒股份有限公司
出版发行	山东文艺出版社
社　　址	山东省济南市英雄山路 189 号
邮　　编	250002
网　　址	www.sdwypress.com
读者服务	0531-82098776（总编室） 0531-82098775（市场营销部）
电子邮箱	sdwy@sdpress.com.cn
印　　刷	山东临沂新华印刷物流集团有限责任公司
开　　本	787 毫米 ×1092 毫米　1/32
印　　张	6.5
字　　数	50 千
版　　次	2018 年 6 月第 1 版
印　　次	2018 年 6 月第 1 次印刷
书　　号	ISBN 978-7-5329-5613-5
定　　价	48.00 元

版权专有，侵权必究。如有图书质量问题，请与出版社联系调换。